A S. M. L'EMPEREUR D'AUTRICHE

JUDAS-LOPEZ

OU

LA MORT DE MAXIMILIEN

ODE

Présentée à l'Académie des Jeux Floraux,

Par M. Louis SATRE,

A Saint-Chamond (Loire).

SAINT-ÉTIENNE
IMPRIMERIE DE Vᵉ THÉOLIER & Cᶦᵉ
1868

A S. M. L'EMPEREUR D'AUTRICHE

JUDAS-LOPEZ

OU

LA MORT DE MAXIMILIEN

ODE

Présentée à l'Académie des Jeux Floraux,

Par M. Louis SATRE,

A Saint-Chamond (Loire).

SAINT-ÉTIENNE
IMPRIMERIE DE Vᵉ THÉOLIER & Cᵉ
1868

A Sa Majesté l'Empereur d'Autriche.

SIRE,

Daignez me permettre de vous offrir l'hommage de cette Ode, inspirée par le récit d'une grande infortune.

Daignez aussi me pardonner de venir renouveler toutes vos douleurs, en vous rappelant de cruels souvenirs.

Mais, en dédiant cette poésie à Votre Majesté, j'ai voulu lui donner un témoignage de respectueuse et profonde sympathie, dans le malheur qui l'a frappée.

J'ai fait cette œuvre, pour payer mon tribut d'admiration et de regrets, au prince infortuné qui fut Votre Auguste Frère, et pour flétrir l'infâme qui l'a trahi.

A ce double titre, j'ose vous présenter mon Ode, et vous prier, Sire, de vouloir bien l'accueillir favorablement.

Je suis, avec un profond respect,

Sire,

De Votre Majesté,

Le très dévoué et très humble serviteur,

LOUIS SATRE.

JUDAS-LOPEZ

OU

LA MORT DE MAXIMILIEN

ODE

> Pauvre Charlotte!... Je pardonne au Mexique!...
>
> Dernières paroles de MAXIMILIEN.
>
> —
>
> Que voulez-vous me donner, et je vous le livrerai? — Et ils convinrent avec lui de trente pièces d'argent.
>
> Saint MATHIEU.

I.

Sur ce sommet désert j'arrive avec l'aurore,
En Poëte rêveur qui, d'un pas incertain,
Suit au gré du hasard un sentier qu'il ignore,
Cueillant rimes et fleurs, sans songer au chemin.

Déjà l'aube blanchit le beau ciel du Mexique :
La nature s'éveille en tressaillant d'amour,
Et dévoile à mes yeux tout un tableau magique,
Mollement éclairé des premiers feux du jour.

O nouveau monde! ô beautés matinales!
Bourdonnements! bruits d'ailes! chants d'oiseaux!
Enivrement de senteurs tropicales!
Hautes herbes! grands bois! aloès! fraîches eaux!
Au loin dans la vallée,
De ces paisibles lacs, brille le pur miroir;
La brume vaporeuse, à mes pieds laisse voir,
Comme une reine assoupie et voilée,
Queretaro, qui repose et qui dort.
Mais soudain le soleil l'inonde de lumière,
Le rideau se déchire... et cette ville entière,
Resplendit sous ses rayons d'or!

Tout sourit. L'air est doux, le ciel est sans nuage,
Et jamais dans ces lieux,
Juin, au cours enchanteur, n'a marqué son passage
D'un jour plus radieux.

II.

Entendez-vous ces bruits apportés par la brise?...
Ecoutez... on dirait des pas... un chant d'église...
La prière des morts, qui monte du vallon...,
Cette musique pleure... et cette cloche tinte...
Et l'on sent dans les airs passer comme une plainte...
Dans les veines... comme un frisson!

Aux flancs de la colline, apparaît une foule...
Un cortége là-bas... s'avance... se déroule...
Et suit de ce chemin les replis tortueux...
Il dépasse déjà cet aqueduc de pierre...
Et va se dirigeant vers ce vieux cimetière,
En soulevant des flots poudreux.

Maintenant... j'aperçois dans la masse mouvante,
Des croix, dont les bras noirs vous glacent d'épouvante...
Des cercueils entr'ouverts... tout un sombre appareil...
Ici, des cavaliers... là, des captifs sans doute...
Des moines... des soldats... et partout sur la route,
Des armes brillant au soleil.

Les voilà parvenus sur ce mont séculaire...
On fait halte... approchons ; à ce nouveau Calvaire,
Quel drame inattendu va bientôt s'accomplir ?
Un chef donne un signal... on prépare les armes...
J'entends autour de moi des sanglots et des larmes...
Et je vois ce peuple frémir...

Pour qui ces glaives nus, ces hymnes mortuaires,
Ces soupirs étouffés, ces apprêts sanguinaires ?
Quelle main a signé cet arrêt odieux ?
Est-ce là châtiment, ou vengeance, ou justice ?
Quelle victime enfin, vouée à ce supplice,
Doit ici s'offrir à mes yeux ?

Lui !... c'est lui !... voyez-le !... c'est bien là sa figure,
Sa taille, son œil bleu, sa blonde chevelure;
O surprise ! ô douleur ! c'est lui, leur souverain !...
Féroce Juarez, voilà bien ton ouvrage,
Et je reconnais là ton implacable rage,
Qui dicta cet ordre inhumain !

O Maximilien ! noble et grande victime !
Tu descends de ce char, intrépide et sublime :
Digne fils des Hapsbourg, tu ne saurais pâlir,
Et comme en un combat ton beau front s'illumine.
O Majesté ! salut ! devant toi je m'incline,
Salut ! ô toi qui vas mourir !

Et ses deux généraux, ses fidèles, ses braves,
Condamnés comme lui, comme lui sans entraves,
S'avancent à leur tour. — O moment solennel !
Prélude déchirant d'une scène navrante !
Tous les trois, vers ce mur mis pour cible vivante,
Vont rouler sous le plomb mortel !

Un murmure s'élève, et l'on a crié : grâce !...
Mais ces voix sans écho se perdent dans l'espace !
La cloche du couvent reprend son triste glas...
La foule qui se presse, ondule repoussée...
Près de chaque cercueil, chaque croix est dressée...
Les sbires sont prêts, l'arme au bras...

Silence ! il faut prier... Voici l'heure suprême,
Où la mort va briser l'homme et le diadème...
— Il marche à ses amis : Méjia, Miramon,
Il leur montre le ciel, tour à tour les embrasse,
Et, ses mains dans leurs mains, fièrement il se place
Devant le cruel peloton !

Là, debout — le front haut — sans crainte, sans faiblesse,
Indiquant sa poitrine au fusil qui s'abaisse —
Tranquille — souriant à la foule, aux bourreaux, —
Il se recueille, et dit d'une voix sympathique :
Pauvre Charlotte, adieu !... Je pardonne au Mexique...
Puis... il tombe comme un héros !

Du sang !... partout du sang !... à mes yeux voilez vite
Ce corps horrible à voir, qui se tord... qui palpite...
Crispé par la douleur, sous vos coups incertains !
Mais ce n'est pas la mort... c'est plus que l'agonie...
Ah ! vos mains ont tremblé dans cette félonie,
Ah ! vous êtes des assassins !...

III.

Et là, dans Miramar, vers la mer azurée,
Vient s'asseoir chaque jour une femme éplorée,
Au regard incertain, au front pensif et doux ;
Elle attend, elle prie, elle écoute, elle appelle,
Cherchant à l'horizon cette voile fidèle
Qui doit ramener son époux.

Mais rien! — Là, pourtant? — Non, — c'est un esquif qui passe,
C'est l'alcyon, des flots effleurant la surface !
Pas un mât, pas un bruit, à peine un faible écho
S'éveille doucement, quand la vague plaintive,
En mourant sur le bord, dit tout bas à la rive :
Queretaro !... Queretaro !...

Mais ce mot, tu l'entends ; et ce mot, tout un drame,
Vibre, sans t'émouvoir, ô souveraine ! ô femme !
Cette voix de la mer n'est pour toi qu'un vain son !
Et rien n'a tressailli dans ton âme affaissée?...
Et tu ne sens jaillir ni larmes, ni pensée?...
Alors... où donc est ta raison?

Un philtre empoisonné, dit-on, la paralyse...
Sa raison, ô mon Dieu ! c'est vous qui l'avez prise ;
Vous que je glorifie, et ne puis accuser ;
Vous qui, mettant un voile à cette intelligence,
Avez fait à ce cœur, une douce ignorance
Des maux qui devaient le briser.

Car elle eût succombé sous toutes ces tortures,
Si rude était le coup, si vives les blessures,
Et si fort cet amour qui les tenait unis !
Non, tu n'a pas voulu de ton bras trop sévère,
Les coucher tous les deux dans les plis d'un suaire ;
Seigneur ! Seigneur, je te bénis !

Plus douce, chaque jour, fais-lui sa rêverie ;
Parfois laisse-lui voir une image chérie,
Comme elle était encore à leurs derniers adieux !
Près d'elle laisse errer une ombre mensongère...
Mais ferme à son esprit ce lugubre mystère,
Que tu lui diras dans les cieux.

IV.

Dans ton palais, baigné par l'onde adriatique,
Lorsque ces envoyés t'apportaient du Mexique,
Le cri d'un peuple entier qui réclame un sauveur,
Et qui, dans sa détresse, en tes mains s'abandonne ;
Lorsqu'ils venaient t'offrir le sceptre et la couronne,
Et te saluer empereur !

Lorsque tu répondais, plein d'un généreux zèle :
Par-delà l'Océan, tout un peuple m'appelle,
Je me dévoue à lui, je me rends à ses vœux ;
Je pars régénérer ma nouvelle patrie,
Au souffle du progrès, des arts, de l'industrie :
Régnons pour faire des heureux !...

Lorsque des vents amis, au pays d'Iturbide,
Sous des cieux étoilés poussaient ta nef rapide,
Portant à cette terre, avide de bienfaits,
Tous les dons du bonheur et de la délivrance :
La paix, la liberté, la gloire et l'espérance,
Dans les plis du drapeau français !

Et lorsque Mexico, transporté d'allégresse,
Se levait devant toi, dans une noble ivresse,
T'accablait de bravos et te couvrait de fleurs;
Quand les canons d'airain tonnaient sur ton passage,
Quand tout était : délire, amour, honneurs, hommage;
Quand tes yeux se mouillaient de pleurs!

O Maximilien! ô prince magnanime!
Tu n'entrevoyais pas l'épouvantable abîme,
Où, poussé par le sort, un jour tu sombrerais;
Car alors les serments te cachaient le parjure;
Le triomphe, l'affront; la pourpre, la blessure;
Et les roses, les noirs cyprès!

Non! tu ne pensais pas à cette heure fatale,
Où les vautours fondraient sur l'aigle impériale,
Où tu serais vendu, saisi, livré, trahi!
Non — tu ne croyais pas, s'il se trouvait un lâche,
Assez vil pour oser une pareille tâche,
Que ce traître fût ton ami!

Qu'il te faudrait subir leurs fureurs inhumaines :
Que, roi découronné, de balles mexicaines,
Toi, leur élu d'hier, tu tomberais criblé;
Que Juarez voudrait, dernière barbarie,
A ta famille en deuil, aux vœux de ta patrie,
Disputer ton corps mutilé!

V.

Maintenant, dors en paix ton sommeil de la tombe !
Que sur tes meurtriers ton sang un jour retombe,
Mais qu'ils ne tentent pas de jamais te flétrir !
Je suis là, pour veiller sur ta pure mémoire,
Et garder à ton front, ceint d'un rayon de gloire,
Le nimbe éclatant du martyr.

Tu fus toujours loyal, bon, généreux, affable,
Chevaleresque, humain, courageux, équitable,
Et ce cœur méconnu tu le révélas bien,
Lorsque tu demandais, en leur donnant ta vie,
Que, seul sacrifié, cette terre assouvie
Ne bût d'autre sang que le tien !

Pourquoi ne pas céder au cri de la prudence,
A de sages conseils, à la voix de la France ?
Elle, qui te pressait de revenir enfin,
De quitter ce pays, riche d'ingratitude,
Bien fait pour l'anarchie et pour la servitude...
Ou pour le joug américain !

Ah ! tu voulais finir ton œuvre commencée,
Relever à son rang cette race abaissée,
Maintenir ton bon droit, lutter et ne pas fuir.
Et, l'épée à la main, ferme dans ta vaillance,
A ce poste avancé mis par la Providence,
Tu restas pour vaincre ou périr !

Vous, princesse de Salm, au dévouement antique,
Vous n'avez pu sauver ce monarque héroïque,
Vous n'avez pu fléchir son farouche rival !
Du moins vous avez fait, ô femme que j'admire,
Tout ce que peut un cœur, que le courage inspire,
Pour détourner le coup fatal.

C'est bien ! C'est beau ! C'est grand ! Dans ma reconnaissance,
Oh ! je voudrais un vers à l'envergure immense,
Un vers, fait tout de gloire et d'immortalité,
Un vers, étincelant de beauté, de génie,
Qui portât dans son vol, fille de Germanie,
Ton nom à la postérité !...

Premiers enchantements d'un magnifique rêve,
Merveilleuses lueurs d'une aube qui se lève,
Vives splendeurs d'empire à peine épanoui,
Rayonnements de gloire, essor d'indépendance,
Aurore de bonheur, matin de renaissance,
Hélas !... tout s'est évanoui !...

Reprends tes anciens fers, ô terre du Mexique ;
Rappelle Juarez... Mais ma voix prophétique,
Présageant l'avenir, t'annonce le malheur :
Oui, bientôt épuisée en luttes fratricides,
Tu pleureras le jour où tes mains régicides,
Frappèrent ton libérateur.

VI.

Encor ! s'ils l'avaient pris au fort de la bataille,
Quand l'ouragan de fer, la terrible mitraille,
Moissonne les guerriers, sous un ciel obscurci ;
S'ils l'avaient immolé dans l'ardeur du carnage,
Enivrés par la poudre, aveuglés par la rage,
Frappant sans pitié ni merci ;

Moins amères alors eussent été mes larmes :
C'est le sort du soldat de tomber sous les armes,
Et le champ de bataille offre un noble tombeau ;
Car la gloire, au vaincu fait une apothéose,
Quand le brave combat pour une grande cause,
Et meurt la main sur le drapeau.

Mais non ! — Ils sont venus pendant une nuit sombre,
Se glissant à pas lents, dans le silence et l'ombre,
Conduits par un Judas que Dieu saura juger.
Ils l'ont surpris, au camp, endormi sous sa tente,
Et, son bras désarmé, dans la prison béante,
Ils l'ont jeté pour l'égorger.

Et dire que cet homme, à la face d'hyène,
L'a vendu froidement, sans colère, sans haine,
Pour quelques onces d'or, tribut des corrupteurs :
Lui, son seigneur, son maître, un ami, presque un frère,
Qui comptait sur sa foi, qui le comblait naguère
De dignités et de faveurs !

O triple lâcheté ! — Perfidie infernale ! —
Turpitude sans nom ! — Cruauté sans égale ! —
Plus bas qu'Iscariote arriver à déchoir !..
Car sa faute, du moins, de regrets fut suivie ;
Et son remords si grand, qu'il sortit de la vie
Par la porte du désespoir.

Quoi ! — ce fourbe éhonté veut dans son impudence,
Au lieu de repentir, nous parler d'innocence,
Et nier son forfait à deux pas d'un cercueil ?
Quoi ! — nul n'ose arracher le masque à sa figure ?
Stigmatiser son nom d'une éternelle injure ?
Flageller le crime et l'orgueil?...

VII.

Eh bien ! moi, je me lève… et je viens te maudire…
Sous ma fiévreuse main dût se briser ma lyre,
Je veux un cri nouveau, fait pour ta trahison ;
Je veux, pour te flétrir, une note vibrante,
Qui porte, de mon cœur, l'horreur et l'épouvante
A tous les points de l'horizon !

Lopez ! — toi, soldat ? — non ! — tu n'en eus jamais l'âme !
A genoux ! — courbe toi ! — je te déclare infâme —
Ici je te dégrade — et de mon bras vengeur,
Je brise ton épée, arme indigne d'un traître, —
Et j'arrache à deux mains, tu la vendrais peut-être,
La croix française de l'honneur.

A la face du ciel… à la face du monde…
De ce glaive rompu, levant ta tête immonde,
Dussé-je, en te frappant, souiller trois fois ma main,
Trois fois, Judas-Lopez, je soufflète ta joue :
Et ton nom tout sanglant, haut, bien haut, je le cloue
Au pilori du genre humain !

Au courroux qui m'anime, au feu qui me consume,
Mon iambe jaillit, et ma strophe s'allume !...
Mon vers est un fer rouge, et je te marque au front...
Maudit, maudit sois-tu, des hommes, de Dieu même !
Oui, je lance sur toi le suprême anathème :
RACA — les siècles l'entendront !...

Et maintenant — va — fuis — emporte au loin ta honte ! —
Le dégoût de mon cœur à mes lèvres remonte ;
Hâte-toi — disparais — monstre tu fais horreur —
Cours demander là-bas... l'or de ta récompense ;
Et puisse Juarez dresser une potence,
Pour te payer ton déshonneur !...

Non ! ton crime est trop grand, je te condamne à vivre ;
La tombe est un asile, et le trépas délivre :
Trop doux serait pour toi le repos de la mort.
Plus terrible et plus longue il me faut la vengeance,
Tu vivras pour souffrir... ton châtiment commence :
Je lie à ton flanc le remord.

Il sera là, toujours, pour rappeler ton crime,
Et toujours de son doigt te montrer la victime ;
Tu voudras éperdu fermer les yeux en vain,
Toujours il rouvrira ta sinistre paupière,
Redemandant toujours : qu'as-tu fait de ton frère ?
Réponds : qu'en as-tu fait, Caïn ?...

Que la faim, chaque jour, te jette son délire ;
Aux ronces du sentier que ton corps se déchire,
Glacé par l'aquilon, ou brûlé du soleil ;
Que la fleur fraîche éclose en ta main se flétrisse ;
Et sous ta lèvre en feu que la source tarisse,
Ou soudain t'abreuve de fiel !

En voyant à ton front l'auréole sanglante,
Que l'enfant coure en pleurs à sa mère tremblante.
Que l'homme, en son mépris, évite ton chemin ;
Que le plus vil de tous, de tous le plus infâme,
Celui qui se parjure, ou qui vend une femme,
Rougisse de toucher ta main !

Qu'au milieu de tes nuits, dans l'horreur des ténèbres,
Montent vers toi du sang... et des plaintes funèbres...
Et qu'un spectre hideux, t'enlaçant de ses bras,
Glace d'effroi ta chair au souffle de sa bouche,
Et crie à ton oreille, en agitant ta couche :
Lopez !... tu ne dormiras pas !

Ton ciel noir n'aura plus un rayon d'espérance ;
Tu n'entendras jamais ces mots : Pitié, clémence,
Que la brise du soir se plaît à murmurer.
Tu boiras à longs traits la coupe toujours pleine,
D'amertume, d'angoisse et de souffrance humaine,
Sans pouvoir seulement pleurer !

Oh ! chaque nœud se brise à tant d'ignominie :
Ton ami t'abandonne, et ton fils te renie ;
Vois ! celle qui t'aimait, honteuse de ton nom,
Jette avec son amour l'anneau du mariage,
Et, fuyant ta demeure, essuie à son visage
Les derniers baisers d'un félon !

Partout autour de toi... le vide, le silence,
L'invincible dégoût, la sombre défiance ;
Dans la foule, qui s'ouvre et se tient à l'écart,
Pas un bras étendu vers ta main défaillante,
Pas une âme attendrie, une voix consolante,
Pas un regret, pas un regard.

Lorsque tu t'en iras, errant et solitaire,
Pâle, tremblant, hagard, conspué de la terre,
Chercher mais vainement un refuge interdit,
Les monts, les bois, les champs, avec leurs voix profondes,
Rediront sur tes pas, et les échos des mondes
Répéteront : c'est un maudit !...

Et si, courbé, vaincu par ta douleur immense,
Qui n'atteindra jamais la hauteur de l'offense,
Ton front vient tout à coup, Lopez, à s'incliner :
Si tu tombes un jour à genoux sur la pierre,
N'espère rien de nous... essaie une prière,
Tu n'as que Dieu pour pardonner !

EXTRAIT

DU RAPPORT DE L'ACADÉMIE SUR LE CONCOURS DE 1868.

. . . .

Toutefois, Messieurs, en ces poétiques domaines, les règles sont parfois confirmées par des exceptions, et il s'en est fallu de peu que M. Louis Satre, de Saint-Chamond, ne se fît ici cette place exceptionnelle. Son œuvre était intitulée : *Judas-Lopez*. C'était une Ode : l'Ode seule en effet convenait au débordement d'indignation que ressent le Poëte vouant au remords et à l'exécration de l'avenir cette figure hideuse ; et cependant il y avait dans cet ouvrage l'étoffe et le développement du Poëme lyrique. Les descriptions étaient brillantes, le récit exact et dramatique, la strophe s'y montrait tour à tour coupée ou puissante, prodiguant des notes tendres et émues à la raison qui se voile, de vibrants anathèmes à la trahison, et de la gloire à l'innocence. Nous suivions dans sa marche triomphale ce nouveau venu qui, paraissant pour la première fois dans nos Concours, se révélait avec une habitude du vers, une sève, un enthousiasme, une longueur d'haleine si digne d'attention, et déjà nous remettions en ses mains cette Amarante hautaine, dont Clémence Isaure est si avare, lorsque soudain un nuage s'est élevé, et cette apparition entrevue, ce rêve caressé s'est évanoui. — Usant d'un droit que nous ne saurions abandonner, et demandant à l'auteur quelques retouches et quelques suppressions, nous avons rencontré chez lui un sentiment si vif et si net, que force nous a été de lui laisser son sentiment, mais aussi de garder notre couronne.

NOTE DE L'AUTEUR

Si l'Académie se fût contentée de quelques retouches, l'auteur eût consenti à les faire ; mais elle exigeait, en outre, la suppression de toute la cinquième partie de l'Ode. — Ce sacrifice a paru trop considérable à l'auteur : il a préféré abandonner l'Amarante d'or, plutôt que de mutiler son œuvre. —

Tel a été son sentiment et le motif de son refus.

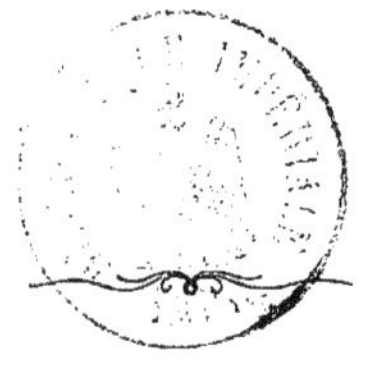

SAINT-ÉTIENNE, IMPRIMERIE DE VEUVE THÉOLIER AINÉ ET Cie.

www.ingramcontent.com/pod-product-compliance
Ingram Content Group UK Ltd.
Pitfield, Milton Keynes, MK11 3LW, UK
UKHW020450220726
13923UKWH00005B/2442